AF450187

CUATRO VIDAS
DE ESCAPES

Raúl José Hernández
Gorrochotegui
(Rajozgui)

CUATRO VIDAS
DE ESCAPES

Una maravillosa fábula y tres
relatos sorprendentes con finales
electrizantes

EDITORIAL
LETRA MINÚSCULA

A la memoria de mi madre,
luz y lámpara de inspiración.

A mis hijos, motivos para lanzarme al ruedo.

A mis hermanos por su apoyo y solidaridad.

Y a mi amada esposa Sandra
por mostrarme que las palabras
son eternas y que el cielo es el límite...

Índice

Oraki, el joven músico que volaba, y la mágica pulsera de zafiros

Siempre supo que podía volar. Sí... ¡Volar...!

Lo aprendió desde muy niño, entre sueños y al compás de cadenciosas y fascinantes notas musicales.

Descubrió que, si corría sin miedo desde una azotea, una colina o cualquier superficie que se elevara unos pocos metros del suelo, podía saltar al vacío moviendo sus pequeños brazos al viento. Y que, al batirlos una y otra vez, colocado en una innata posición específica, podía utilizarlos como poderosas alas que lo alzaban en vuelo por los aires y lo remontaban hacia las nubles blancas y el cielo azul.

A partir de tan magnánimo descubrimiento, Oraki –como le gustaba presentarse al viento y a las aves–, con sigilo y determinación, diariamente se aventuraba al inverosímil y espléndido vuelo, persiguiendo golondrinas y traviesamente derribando papagayos o cometas de niños vecinos.

Le encantaba la música y era un talentoso joven enamorado de ella. Escuchaba las sinfonías clásicas y, cuando volaba, generalmente adecuaba su velocidad al tiempo de la pieza musical que resonaba en su cabeza. El compás y el ritmo marcaban la pauta y la diferencia en cada vuelo.

Cuando tocaba el piano o el violín, sentía que los acordes y arpegios se complementaban con el fascinante sonido que hacía el viento cuando lo atravesaba suavemente y se integraban con la casi imperceptible sonoridad del desplazamiento ingrávido.

Cada vuelo se convertía en una extraordinaria fantasía musical que en su pentagrama mental no paraba de sonar.

Le encantaba volar bajo el relajante eco melodioso de la *Sonata para piano Nro. 14,* de Beethoven, que sonaba en su cabeza como un concierto en vivo y lo inspiraba a flotar pausado y sereno donde el tiempo y la distancia se fundían en un solo y maravilloso suspiro eterno.

En cada vuelo escuchaba una filarmonía diferente dependiendo del clima y las condiciones meteorológicas del momento. Cada uno era el preludio de mágicas aventuras.

Al principio solo volaba alrededor de su cuadra, ubicada en un sitio boscoso y exuberante, ocultándose entre nubes bajas y copas de árboles. Pero, poco a poco, comenzó a aventurarse en la inmensidad del cielo.

Nunca nadie lo vio volar, a excepción de una hermosa joven que, a veces y muy temprano en las mañanas, salía a tomar el sol en su silla de ruedas y a observar las piruetas irreverentes de los pajaritos y las mariposas.

Aunque Oraki era muy cuidadoso en sus despegues –y a pesar de sus cautelosos movimientos–, un día, en un involuntario descuido, reveló a la linda vecina su insondable secreto, cuando en un fallido levantamiento de vuelo aterrizó aparatosamente de cabeza en la calle, justo frente a su casa.

Apenado la miró sacudiendo el polvo de sus pantalones y, con una mueca de vergüenza, intentó hacer ver que estaba bien a pesar del golpe. Ella fingió no haber visto nada.

A partir de ese desventurado evento, la risueña y encantadora damita, que conocía y formaba parte de los rituales de vuelo de Oraki, se convirtió silenciosamente en un arcano cómplice de sus etéreas osadías.

Oraki generalmente procuraba salir a volar temprano en las mañanas, justo cuando ella se exponía al cálido sol mañanero.

Niris, así se llamaba la chica, siempre lo despedía con un pícaro guiño de ojos antes de cada vuelo y él, claramente sonrojado y con torpeza, devolvía el gesto con un tímido saludo.

En su casa, nadie sospechaba de sus andanzas voladoras. Vivía con su madre y su abuela, quienes con mucho tesón trabajaban para ganarse el pan y pagar la academia donde él estudiaba música. Era el orgullo y la esperanza de ellas.

Oraki cada vez volaba más y, en esa medida, se le hacía menos complicado y más fácil.

Su vuelo era sencillo y natural. Tenía el talento innato, la habilidad y el conocimiento. Sabía dónde y cómo estar en el aire. Igual que los poetas cuando insertan un verso rebelde y perdido en el sitio exacto dentro del poema que los desvela. Eso lo inspiraba a cantar mientras volaba:

> Me gusta lanzarme al viento
> sin temer a los fracasos,
> pues la vida es un momento
> y el tiempo, corto y escaso...

La frecuencia de los vuelos lo ayudó a acoplarse a las diferentes circunstancias climáticas y cada vez lo hacía mejor. Entrar a las nubes en una posición, perder la perspectiva y el sentido de orientación, y salir de ellas en otra era simplemente emocionante y divertido.

Sentir el indescriptible vértigo en la boca del estómago y ese arrebato que, al inundarle las vísceras y presionárselas, le aceleraba los latidos, para casi de inmediato compensarse con el silencioso susurro del viento que rozaba su fría cara —lo que evocaba en su interior el *Segundo movimiento del concierto para piano* No. 2, de Serguéi Rajmáninov— era asombroso y alucinantemente cautivador.

A veces se preguntaba si los pájaros y las aves escuchaban música al volar, porque no podía concebir lo uno sin lo otro.

Oraki era un chico muy tímido y reservado. No entendía cómo podía transformarse de simple y modesto músico a un joven osado e intrépido cuando desafiaba al viento y a la gravedad.

La música y el vuelo eran su vida. Eso para él era la verdadera libertad. Vuelos alocados, vuelos sin límites y con excesos, donde el único temor era despertar y descubrir que todo era un sueño. Eso nunca ocurriría, se decía a sí mismo.

Las ganas de volar y de ausentarse del mundanal ruido iban siempre en ascenso. Sus deseos de despegar eran recurrentes.

Cada vez era más fácil remontar el vuelo y cada vez llegaba más lejos. El aire era su hábitat natural. Allí la conducción y la navegación se tornaban instintivas y el desplazamiento era automático e indeliberado. Era tan fácil que solo sabía que debía mantener los sentidos atentos para sutilmente entregarse a la tenue sustentación y a los designios de las caprichosas térmicas.

Pasaba el tiempo volando y saltando a la nada, siempre buscando la confrontación con las ráfagas de aire; eso y la música eran su vida y su pasión.

Con el paso del tiempo sus brazos se fortalecieron y su técnica se volvió precisa e infalible. Pensaba escribir una especie de musical que sirviera de manual para aquellos que, como él, osaran retar a la gravedad.

Allí, sabiamente y con conocimiento de causa, enseñaría cómo volar. Algo parecido a una *Guía musical de vuelo para principiantes* o un *Manual de vuelo para músicos soñadores*. Él reía con sus ocurrencias y esto último le sonaba mejor.

Explicaría lo elemental y lo básico, para ir adentrándose poco a poco y con convicción en lo más difícil, que era el «salto sin temor y sin retorno», como él lo llamaba.

Vencer el miedo del primer impulso sería lo primordial. Sin el convencimiento verdadero de lanzarse confiado a la nada, a una potencial muerte segura, no existiría la más mínima posibilidad de poder volar.

En esa suerte de «tutorial musical de vuelo» explicaría cómo, durante el salto, el cuerpo debía colocarse en posición horizontal e, inmediatamente, era necesario alinear la pelvis con la parte posterior de la cabeza; y que esta, a su vez, debería estar ligeramente levantada en un ángulo no mayor a veinte grados, para no ofrecer resistencia al aire.

Enseñaría cómo lograr que los brazos actuaran como acolchados élitros, para que al herir al viento pudieran encontrar muy suavemente la sustentación necesaria para batirlos con delicada firmeza y constancia, hasta procurar el planeo incipiente que mantendría, con sutil desplazamiento, la anhelada estabilidad requerida en el tiempo y en el espacio.

También explicaría que, si se miraba hacia arriba, se debía ascender por debajo del umbral de la conciencia, para entonces poder elevarse al encumbrado dominio de los cóndores extintos. Que, si se miraba hacia abajo, se podría descender por encima del abismo a las oscuras profundidades de la percepción y al discernimiento perdido. Y que al mirar al frente se mantendría un vuelo recto y nivelado, con el que finalmente se deslizaría en el aire con eficiencia y placer.

En su *Manual musical de vuelo*, indicaría a sus alumnos que solo los vientos cruzados podrían perturbar el rumbo y que, poco a poco, aprenderían a no resistirse a ellos. Porque, al final, esos vientos solo eran resoplidos y refunfuños de un celoso Eolo, quien defendía sus predios de insolentes fisgones...

Una vez superadas esas primeras y elementales lecciones de vuelo, recomendaría practicarlas bajo el embrujo de la cadente melodía del *Concierto de cello en A Minor*, de Schumann, para luego despertar del sosegado delirio y regresar a casa cantando:

> El volar no es imposible.
> Pregúntaselo a las aves.
> En creer y hacerlo factible,
> están el secreto y la clave...

A veces Oraki competía contra las sigilosas y altivas águilas rapaces y hasta hablaba con ellas.

En una oportunidad, una de ellas le contó sobre el mítico y doloroso proceso de renovación que sufrían al llegar a la mediana edad y la aterradora historia de cómo se libraban del horror de morir apuñaladas por sus propios picos. Conmovedor relato que algún día contará a sus nietos con detalle, se decía sí mismo.

Otras veces se cruzaba con las escandalosas, extrovertidas y coloridas guacamayas. Durante uno de tantos vuelos con ellas, se topó con una que le contó cómo superó el trauma del común y frecuente abandono al que son sometidas las más débiles –como le sucedió a ella, al no poder romper su cascarón a tiempo, sino dos días después que sus hermanos– y cómo logró sobreponerse al abandono de su madre.

Las historias y los encuentros con sus «colegas de vuelo» eran infinitas y fascinantes.

De las aves aprendía la disciplina y los pequeños trucos que ellas desinteresadamente le enseñaban, cosa que no sucedía con sus compañeros de academia. Las aves no envidiaban, eran nobles. No competían, eran colaboradoras. No juzgaban, eran tolerantes...

A Oraki le gustaba volar y hacer piruetas acrobáticas con los pájaros –cuyos instintos, lógicamente, eran mucho más acertados que los de él– y tenía claro que aprender de sus innatas maniobrabilidades era un deber.

Realizar rizos, toneles y caídas de alas con ellos era extraordinariamente inenarrable.

Elevarse con las aves hacia alturas desmesuradas, como pompas de jabón, y permanecer horas a merced de esas corrientes ascendentes era un acto de exquisita solemnidad.

Con ellas se adentraba en las nubes y, mientras las tocaba con sus manos, podía oler y saborear el vaho granizado con baño de granadina y leche condensada que expelían, y atravesar los hermosos arcoíris que formaban las diminutas y frías gotas de vapor de agua, con las que podía colorearse de pies a cabeza al penetrarlos.

Oraki se sentía con fuerza, brío, coraje, voluntad y decisión.

Hacía vuelos rasantes sobre las olas picudas, que casi tocaba con su pecho, y repentinamente, salpicado de agua salada y azul, se elevaba en tirabuzón y se confundía con los alcatraces –que prometieron contarle por qué vuelan en V– y con las gaviotas –a quienes algún día les preguntaría si era cierto que sus cuerpos filtraban el agua salada del mar y luego la convertían en potable–.

Todo ocurría bajo el hipnotizante hechizo del piano de Franz Liszt con su *Sueño de amor Nro.3*.

Subir como las burbujas
hasta el infinito cielo
y sentir cómo se dibujan
las estelas en el hielo...

En ocasiones se preguntaba si él era el único humano que podía volar.

Se sentía bendecido por ello, aunque pensaba que no tenía ningún valor tanta dicha y fortuna si no podía compartirla con nadie.

Una nublada mañana, Oraki decidió salir a volar a pesar del mal tiempo que se avizoraba. Preparó su ritual de vuelo con exactitud y seriedad, como lo hacía siempre, y se lanzó al viento. Mientras iba tomando altura una espesa niebla comenzó a cubrirlo todo. Trató de hacer un giro de 180 grados para evitar que la densa bruma lo arropara, pero fue inútil. Intempestivamente, se vio sumido en una poderosa tormenta eléctrica.

El aire frío se estrellaba inclemente contra su cara y laceraba sus mejillas mientras una pertinaz lluvia empapaba sus sentidos y sobrecargaba sus brazos alados.

Innumerables rayos y relámpagos, que parecían ráfagas de luces intermitentes, iluminaban la invisibilidad de la oscura nube donde se encontraba inmerso. En esos casos, era fácil perder el sentido de orientación y ubicación, y la visibilidad era casi nula.

Repentinamente, Oraki visualizó en la neblina lo que parecía ser una silueta femenina que, como una fotografía en negativo, titilaba al ritmo de las luces centellantes. Una especie de sombra, que aparecía y desaparecía en instantes y que volaba velozmente junto a él con el mismo objetivo: salir de la tormenta.

A toda velocidad y con movimientos zigzagueantes, acoplados y muy próximos uno del otro, esquivaron fuertes corrientes ascendentes y descendentes que impedían mantener un rumbo fijo, para conseguir salir de la tempestad.

La melodía «Tormenta», de la obra *Las cuatro estaciones,* de Antonio Vivaldi, no paraba de sonar en su cabeza.

A ratos se rozaban uno con el otro y sus brazos alados se entrelazaban aferrándose con fuerza para no perderse en la oscura bruma. En uno de esos impetuosos apretones, Oraki pudo palpar una notoria protuberancia en el hueso de la articulación de la muñeca derecha de la chica, justo donde colgaba una pulsera de oro con enormes piedras azules que parecían zafiros. El roce era constante y extrañamente placentero. Oraki podía oler, a pesar de la fuerza del viento, el excitante aroma de los rubios cabellos de la joven cuando, ondulantes, flagelaban su enrojecida tez mojada.

La incesante lluvia adhería la vestidura blanca, como de seda, al cuerpo de la chica y la transparentaba, dejaba así al descubierto el contorno del cuerpo más imponente y sublime que había visto en su vida. Paradójicamente, ambos disfrutaban de los remolinos que los aprisionaban y los separaban una y otra vez.

Estuvieron una eternidad correteando y evadiendo juntos los deslumbrantes y enceguecedores destellos luminosos que se suscitaban a cada rato, hasta que, imprevisiblemente y a salvo, Oraki observó cómo su fortuita y hermosa compañera se diluía en la borrasca con una seductora y sensual sonrisa de complacencia y un familiar saludo de despedida.

La fuerte tempestad se disipó del mismo modo que había llegado y Oraki, ileso y desconcertado, no dejó de pensar en lo sucedido con aquella extraordinaria joven que había estado por no sabía cuánto tiempo a su lado y que poseía su misma destreza y cualidad: el maravilloso don del vuelo.

De nada sirve el talento
si no hay con quien disfrutarlo.
Es como resistirse al tiempo
y tratar de doblegarlo...

Pasaron los meses y Oraki fue perdiendo interés por el vuelo. Nunca volvió a ver a aquella esplendorosa chica con la que vivió la experiencia más aterradora de su vida y, a la vez, la más fabulosa.

Ese maravilloso evento cambió su vida y, a partir de allí, nada volvió a ser como antes.

Los vuelos alegres al compás de los maravillosos conciertos para violín de Mozart, los de piano de Schubert y los valses y mazurcas de Chopin habían quedado en el olvido.

Las largas y placenteras aventuras acrobáticas se tornaron en dramáticos y obtusos revoloteos sin sentido, que más bien parecían réquiems al amor perdido.

El tiempo musical y la calidad de sus planeos se habían reducido repentinamente de *presto* a *adagio*.

Oraki notaba cómo su cuerpo comenzaba a pesarle cada día más y sus brazos no se inflaban ni se desplegaban como era debido. Solo volaba dificultosamente una o dos horas diarias, dos veces por semana. A pesar de su juventud, la apatía y el desamor hacían que los reflejos no fueran los mismos.

Algo no andaba bien. Los días eran aburridos y desolados. La tristeza y la soledad pesaban tanto como el recuerdo y la nostalgia por lo que pudo ser...

Oraki sentía que su espíritu y su voluntad se consumían en la misma medida en que no sabía nada de su platónico amor.

Tenía que tener los ojos bien abiertos en los aterrizajes, ya que se habían vuelto más críticos y peligrosos de lo normal. En cada uno tenía que ir reduciendo drásticamente la velocidad e ir colocando, con suma dificultad y poco a poco, su cuerpo en posición vertical, manteniendo la cabeza firme y en alto –como un faro rígido que se resiste al vendaval– y aumentar el aleteo en la misma medida en que descendía e iba perdiendo la sustentación.

Nunca fue así, tan difícil. El esfuerzo lo dejaba agotado, decepcionado y deprimido.

> Las alas perdían soltura,
> ya el ave no era capaz.
> Gloria a Dios en las alturas
> y en la tierra al hombre paz...

Los innumerables moretones y cicatrices en sus rodillas y en sus maltratados tobillos hablaban por sí mismos.

No conseguía la elasticidad requerida para colocarse en posición de vuelo y mantener su cuerpo en la postura adecuada, y eso no era ningún aliciente para seguir volando.

Quiso trascender y encontrar la paz, y descubrió de pronto que era un simple disfraz de papagayo, esos a los que inocentemente derribaba cuando niño.

Buscaba desesperadamente, en sus limitados vuelos, encontrar a aquella figura angelical con rostro de mujer que voló junto a él en la tormenta más recia que tuvo que atravesar, pero todo era en vano. Únicamente pensaba en eso.

Oraki, el joven que volaba, poco a poco y lentamente, moría de tristeza, nostalgia y melancolía. Ya no podía hacerlo. Sus innatos conocimientos de las leyes de la gravedad, del clima, de las nubes y de los vientos no le servían para nada.

Había abandonado la academia y, por obligación y supervivencia, daba clases de teoría y solfeo a niños a domicilio.

La melodía *Les Larmes de Jacqueline, Op. 76 Nro. 2*, de Jacques Offenbach, percutía en su cabeza sin cesar y hacía más trágica e infausta su miserable existencia.

Una tarde, cuando regresaba a su casa luego de dar clases, observó a lo lejos un rebullicio en la cuadra donde habitaba. Una ambulancia con las luces y la sirena encendidas esperaba a unos paramédicos y enfermeros que apresuradamente empujaban una camilla.

A medida que Oraki se acercaba, vio que llevaban a una persona semicubierta con una sábana blanca y con una sonda intravenosa en su brazo izquierdo.

Al llegar a ella, estupefacto dejó caer la carpeta con pentagramas y hojas llenas de notas y signos musicales. No podía creer lo que estaba viendo. Era su vecina, la cómplice de sus vuelos, a quien auxiliaban y transportaban hacia el vehículo. Estaba inconsciente y casi sin signos vitales. Oraki sintió que sus piernas flaqueaban al ver que su enigmática vecina portaba en el brazo derecho una pulsera de oro con enormes piedras de zafiros y que tenía una notoria protuberancia en la muñeca.

Un frío intenso recorrió su cuerpo de punta a punta. Intentó llegar a ella y tocar su rubia cabellera e inclinarse para abrazarla, pero fue detenido por un enfermero mientras montaban la camilla en la ambulancia. Confuso y sorprendido, solo tuvo tiempo de preguntarle a dónde la llevarían.

> Pudo tocar el amor,
> acercarlo a su regazo,
> y sentir el estupor
> de saborear su fracaso...

Corrió inútilmente tras la ambulancia que partía a toda velocidad. La perplejidad se adueñaba poco a poco de sus sentidos y seguía sin entender lo que estaba pasando por su cabeza.

Nunca tuvo el valor de acercarse a su vecina a menos de diez o doce metros de distancia. Nunca intercambió palabra alguna con ella. Nunca notó la protuberancia en su muñeca derecha, ni vio la pulsera de oro con enormes zafiros que lucía.

Oraki se reprochó su cobardía, en contraste con el valor y arrojo que alguna vez tuvo para el vuelo.

Rápidamente, entró a su casa, dejó una nota a su madre y su abuela e, inmediatamente, salió hacia el hospital al que habían llevado a su amada.

Lamentaba no atreverse a volar para llegar más rápido. Se sentía inútil y solo sabía que debía estar con ella.

Mientras caminaba hacia el hospital, en su mente sonaba sin cesar la lánguida *Sonata para piano Nro. 14, Claro de Luna*, de Beethoven.

Esa música reflejaba la profunda melancolía que sentía en ese momento.

Oraki entró al hospital jadeante y confundido. No sabía hacia dónde dirigirse y lo peor de todo: desconocía el nombre de su vecina.

Caminaba entre pequeños cubículos atiborrados de pacientes, familiares y enfermeras cuando, de pronto, tras un inmaculado y pulcro paraban blanco, y por una de sus rendijas, divisó un brazo que colgaba de una camilla y logró observar la protuberancia en la muñeca y la pulsera de enormes zafiros que tanto lo atormentaba y mortificaba.

Niris estaba inconsciente y permanecía con una máscara de oxígeno y tratamiento intravenoso. Como pudo, Oraki se escurrió entre las enfermeras y tomó su mano. Inmediatamente, Niris comenzó a abrir sus ojos y Oraki sintió que le apretaba los dedos, al tiempo que intentaba con la otra mano arrancarse las mangueras que la conectaban a la vida. No podía distinguirse quién estaba más inquieto. Si ella, desesperada por volver en sí y manifestarle el gran secreto que guardaba en el más recóndito rincón de su corazón, o él, desesperado por lograr reanimarla y poder expresarle cuánto la amaba.

De pronto, se tornó imposible acercarse a ella. Oraki era un intruso desconocido entre los familiares, médicos y enfermeras que se preparaban para, quizás, intervenirla. Ella, desesperadamente, buscaba a Oraki con su mirada. Era claro y evidente que pensaban trasladarla a otra área y él estaba consciente de que no podía permitirlo.

Muchas cosas a la vez pasaban por la mente de Oraki. Impotente, notaba cómo la luz de su amada Niris se apagaba lentamente sin que pudiera hacer nada. Se sentía desolado y clásicas melodías tristes retumbaban en su cabeza.

El llamado *Lamento de Dido, (cuando yazca en la tierra)*, de Henry Purcell, resonaba inclemente entre sus sienes y definía perfectamente su estado de ánimo.

Perturbado y arropado por la obnubilación, Oraki se dirigió hacia la camilla donde yacía Niris. Abriéndose paso entre enfermeras y médicos, pudo llegar a ella y la tomó de la mano. El placer de sentir la notable protuberancia en su muñeca y la gracia de volver a ver la pulsera de zafiros sirvieron de detonante para pensar en materializar la explosiva idea que rondaba en su cabeza.

En un abrir y cerrar de ojos, Oraki hábilmente despegó el catéter prendido del brazo de Niris, quien, extrañamente, volvía a la vida solo con un simple y presuroso cruce de miradas. Unos ojos anhelantes y deseosos, que pedían a gritos ser liberados, y otros obsesivos y perturbadores, que lo prometían. Total, no sería la primera vez que correrían a toda velocidad, caracoleando y esquivando la tormentosa adversidad que se les presentaba.

Colocando un brazo bajo las piernas de Niris y otro detrás de su cuello, Oraki la levantó en peso y corrió con ella por el pasillo. Entre gritos de enfermeras y médicos, el asombro de visitantes y las correrías de gente de seguridad, galopó con su amante en brazos hasta llegar a dos puertas al final del pasillo. De pronto, un ascensor se abrió y rápidamente lo abordaron. El rostro de Niris dibujaba una complaciente sonrisa mientras Oraki, jadeante, marcaba con insistencia la planta baja en la botonera del ascensor, pero este iba subiendo. Apenas se abrieron las puertas, salieron y corrieron hasta otro pasillo. Allí los esperaban amenazantes dos guardias de seguridad que venían directamente hacia ellos. Niris notaba el cansancio en la cara de Oraki.

Mientras corría, Oraki giraba su cabeza hacia ambos lados de su cuerpo buscando desesperadamente una salida y solo podía divisar a los dos guardias, que cada vez estaban más cerca de ellos. Niris no podía sostenerse bien entre los extenuados brazos de Oraki y este, literalmente, la arrastraba por un largo pasillo que culminaba en un enorme ventanal. Sabía que era inútil seguir escapando. Se detuvo un instante y miró fijamente a los ojos de su amada por unos pocos segundos que parecieron toda una eternidad, y eso bastó para saber lo que tenían que hacer.

Fue en ese preciso instante cuando ella, con firmeza, apretó su cuerpo al de él y le susurró al oído:

—¡Yo también puedo volar!

—Lo sé, amada —dijo con voz serena.

—¡Daremos el gran salto!

Sostuvo fuertemente el cuerpo de Niris y, haciendo un esfuerzo descomunal, pudo pasarla a su espalda. Y corrió desenfrenado hacia la inmensa luz que brotaba del ventanal y que lo atraía, así como las bombillas hirvientes atraen a las mariposas suicidas...

Casi a punto de ser capturados por los agentes de seguridad, Oraki se dirigió hacia el ventanal que, abierto a la inmensidad de la nada, lo invitaba a saltar. Con valentía indescriptible y con un sobrenatural envión, se lanzó al vacío con Niris firmemente colgada en su espalda.

Los vigilantes y un sinnúmero de personas llegaron al ventanal aterrados ante el panorama que estaban a punto de presenciar. Ver un par de cadáveres ensangrentados en el piso.

El hospital estaba convulsionado. La familia de la chica, atribulada, aún no entendía lo que estaba sucediendo. Los médicos y enfermeras estaban alterados y se echaban la culpa unos a otros por el descuido ocurrido con el temerario y desconocido captor.

El asombro era general y la confusión se adueñó del lugar.

Todo ocurrió muy rápidamente, bajo el influjo musical de fragmentos del *Concierto para violín en Re Mayor (D Major), Op. 35*, de Tchaikovsky, que enmarcó el dramático escape.

El amor todo lo cura.
El amor todo lo puede.
Se transforma y transfigura,
se altera, cambia y transgrede…

Aferrados firmemente el uno a la otra, comenzaron a caer y sentían cómo el familiar vértigo los succionaba rápidamente. La imposibilidad de poder colocarse en posición de vuelo, debido al peso de su adorada Niris, generaba en Oraki una sensación horrible de desespero y miedo. Niris gritaba abrumada mientras se sujetaba torpemente a su amado, quien aún no lograba extender sus brazos correctamente. La colisión era inminente. El suelo estaba cada vez más cerca y cerrar los ojos era la única opción.

De pronto, Oraki, con un esfuerzo titánico, logró expandir sus entumecidos brazos justo antes del impacto para levantar el vuelo a pocos metros del piso y Niris, aterrada por no poder ayudar, no podía creer lo que estaba viviendo.

Mientras caían al vacío, irrumpían dramáticamente en la cabeza de Oraki pasajes fugaces de la *Sinfonía Nro. 5*, de Gustav Mahler. Los movimientos rápidos y agitados de sus brazos contrastaban con secuencias lentas cargadas de emociones, llenas de vigor, sorpresa, valor, miedo, dolor, ira, duda y tensión, en la pieza que enmarcaba el drama recién vivido.

Lucha por lo que anhelas.
Si no lo has visto, imagina.
El pájaro nunca vuela
si el viento no lo encamina...

En el hospital nadie entendía nada. No salían del asombro por lo que acababa de suceder. Desde arriba no se veían los cuerpos de ese par de locos suicidas, ni había rastro de ellos por ninguna parte.

Oraki y Niris se habían desvanecido en el aire.

En las afueras del hospital, la tribulación y el desconcierto por lo que acaba de ocurrir eran evidentes. La gente se había aglomerado en sus alrededores y no comprendía qué pasaba.

De pronto, una jovencita de unos doce o trece años se separó súbitamente de la mano de su madre, quien, acuciosa entre la multitud, también preguntaba qué sucedía y por qué tanto alboroto. La chica, que tenía el antebrazo derecho, a la altura de la muñeca, enyesado, corrió hacía algo que vio tirado en el suelo, que brillaba y que llamó su atención.

Una hermosa pulsera de oro y zafiros, que destellaba fulgurosos rayos azules, plateados y amarillos. La tomó con su mano sana, al tiempo que un despeinado y vivaz adolescente de unos quince años la observaba absorto y embelesado mientras que, con inusual virtuosidad y poseedor de una cadencia y armonía extraordinarias, interpretaba en su violín la melodía de Albinoni, *Adagio in G Minor*.

Ella se detuvo frente a él, maravillada y paralizada ante lo que veía y escuchaba. La espléndida y prístina ejecución la transportaba a apacibles espacios etéreos que le eran familiares. Cerraba los ojos y sentía cómo el silbido del aire armonizaba perfectamente con las notas del violín. Podía percibir cómo el viento rozaba sus mejillas y cómo su larga cabellera ondeaba al ritmo lento y suave de tan primoroso *adagio*.

Él finalizó su brillante ejecución y con una amplia sonrisa le agradeció su atención.

Ella, sin decir palabra alguna, extendió su mano para obsequiarle la pulsera que acababa de encontrarse y él, altivo y arrogante, con el violín en su mano izquierda, el arco en la derecha y con actitud presuntuosa y segura, le manifestó:

—No, guárdala, porque bien sabes que, como el contrapunto y la armonía, tú y yo estamos destinados a volar juntos e inseparables por el inmenso cielo, donde espléndida y radiante en tu muñeca derecha la lucirás al viento y a las aves, cuál trofeo que consagra y glorifica el amor eterno que hoy te prometo... —dijo señalando con rigurosa ampulosidad el inocultable yeso y la singular belleza de la mágica pulsera...

La niña estaba ensimismada y paralizada por lo que acababa de escuchar. Colocó la pulsera a la altura de su corazón cuando advirtió que su madre, desencajada, la tomaba del brazo y la halaba con fuerza al tiempo que la reñía, reprochándole la conducta imprudente de hablar con extraños en la calle.

La jovencita, volviendo en sí, apenada, se volteó para despedirse del maravilloso chico violinista… pero este ya no estaba. Se había esfumado, como la pareja que decían que se había lanzado desde una de las ventanas del hospital…

La chiquilla, anonadada y confundida, como envuelta en una especie de «trance hipnótico», se dejó llevar del brazo por su madre, mientras martillaba en su prodigiosa mente la pieza para piano *Intermezzo Nro. 1*, de Manuel Ponce, y extasiada y feliz recitaba:

El amor siempre renace.
Se expande, se ramifica.
¡Y, como el polen, se esparce,
se fecunda y glorifica…!

FIN

Bajo el puente

El hombre tenía frío... Las gotas del rocío mañanero habían humedecido los periódicos con los que arropaba su indigencia.

El monótono zumbido de la ciudad comenzaba desde muy temprano a atormentarlo y el paso de los enormes y pesados camiones, cuyos rugidos cortos y continuos competían con los de los carros y las motocicletas, hacía vibrar el puente bajo el cual dormía.

Era hora de abandonar aquel sitio que le servía de morada y cabalgar con solitaria presencia sobre el inmenso y negro lomo de la autopista. Esa monstruosa serpiente zigzagueante que lo conduciría a las profundidades de un despiadado hormiguero de cemento, que solo le ofrecía como sobras unas cuantas latas de aluminio vacías.

Al hombre (o al recogelatas) no le quedaba otro camino que saltar al duro ruedo de la vida armado de un sonoro y carcomido pito oxidado, y así enfrentar y chiflar sus frenéticas desventuras y sus constantes desvaríos.

Al mismo tiempo, pero al otro extremo de la ciudad, el alba tomaba por sorpresa a una noctámbula mujer que, humillada hasta los tuétanos, emergía de la madrugada y tristemente descansaba sentada en las escaleras del metro.

Tenía el alma, o lo que le quedaba de ella, descompuesta, la mirada desencajada y el colorete esparcido por su cara contrastaba drásticamente con las oscuras ojeras de su desgracia.

Descalza, con los gastados zapatos de tacón alto en una mano y una cursi cartera negra de patente colgada en el hombro, comenzó a caminar entre bolsas de basura y charcos de orine rancio. La soledad y el desamparo abonaban su entrega y resignación. Diariamente, por unas pocas monedas, era engullida por la lascivia de misóginos y pervertidos sexuales y por el pringoso e incesante eco de frases indecentes y gemidos obscenos en sus interminables noches impúdicas.

A menudo sentía la imperiosa necesidad de sacar de esa vieja y cursi cartera negra de patente un espejito roto que, mágicamente, la hacía ver como una reina, como una «miss», limpia, pura. Un espejo donde aún, ante sus propios ojos, no se reflejaba la imagen de su malograda existencia («espejito, espejito...»).

La mujer (o la callejera) estaba embutida en la fatalidad de su inevitable destino.

Y mucho más allá, acostado en el banco de una maloliente parada de autobuses, acurrucado en posición fetal y con una inmunda y deshilachada gorra azul puesta de medio lado, se despertaba un niño de la calle con el estridente y familiar ruido del camión del aseo, que a diario amenazaba con aplastarlo y tragárselo con su enorme mandíbula de hierro, para luego vomitarlo en un lejano y apestoso basurero.

Tenía la boca seca como consecuencia de tantas latas de «pega» aspiradas junto a sus hollinientos hermanos, bastardos de la ciudad como él. Las inhalaciones le minimizaban el hambre y le aumentaban la ansiedad. A pesar de su corta edad, se movía en la jungla de concreto como pez en el agua. Instintivamente, sabía que pocos amaneceres se avizoraban en su horizonte, aunque eso no le preocupaba. Como tampoco le importaba el vértigo (o el hambre) que le producía en el estómago la velocidad con que recorría su tortuoso y predestinado camino de la vida (o de la muerte). No era dueño ni de su pasado ni de su presente ni de su futuro. Era dueño de nada. O mejor dicho, de casi nada, pues lo único que realmente apreciaba y que le pertenecía, que era suyo y por lo cual daría la vida de ser necesario, era una pequeña y vieja pistola calibre 22, que le había quedado de una sangrienta riña en una perdida acera de una anónima calle.

Era malicioso por las circunstancias y desconfiado por naturaleza. Perennemente, vivía acosado por los policías –sus enemigos naturales; la mayoría, cófrades y compañeros de inmundicias, villanos como él, que alguna que otra vez lo capturaban solo para quitarle el producto de sus atracos– y perseguido por sus propios congéneres –malandros y niños de la calle como él–, por lo que terminaba la mayoría de las veces en encarnizados enfrentamientos y cruentas trifulcas por botines y disputas territoriales.

Así, a la deriva y sin rumbo fijo, con la mirada roja inyectada de odio, rabia y rencor, diariamente se adentraba en los podridos recovecos y putrefactas vísceras de una ciudad que lo deglutía y lo expelía a diario, sin compasión, una y otra vez, hasta convertirlo en un simple desecho, en una maloliente hez de la sociedad.

El niño (o el huelepega) no tenía alternativas...

Como todos los días, el hombre (o el recogelatas) ya estaba en pie de lucha. Recorría con afán las convulsionadas calles llenas de gente para comenzar sus cotidianas escaramuzas.

Entre las indolentes miradas de asco y de indiferencia de los «seres urbanos», hurgaba los botes de basura de las numerosas areperas y luncherías, enfrentándose a sus empleados («luncheros») que tenían órdenes expresas de no dejar entrar a tipos como él a sus establecimientos. En sus constantes y dementes arrebatos, se teletransportaba a contiendas medievales y como si flotara en el tiempo, veía que sus enemigos, los luncheros, cubiertos y bien guarnecidos dentro de sus armaduras de hierro, lo apuntaban con sus filosas espadas y poderosas mazas metálicas.

Él solo buscaba latas y desperdicios que procuraran su supervivencia y saciaran su hambre, de modo que no entendía tanto ensañamiento y tanto desprecio. Cada vez que era correteado y perseguido por los bárbaros luncheros, sus encendidos adversarios, se paraba algunos metros más allá y, con cierto dejo de irreverencia, soplaba su escandaloso pito, a la vez que levantaba victorioso las «perolitas» de aluminio ganadas en la justa. El momento solemne y crucial llegaba cuando, sabiéndose vencedor, escuchaba el tañer de trompetas y clarines. Entonces acomodaba las latas en el piso en grupos de a cinco y con cierta pericia las iba machacando una a una rápidamente con los destrozados tacones de sus despedazadas botas, para convertirlas en valiosas prendas de aluminio que le garantizaban su subsistencia. Su barbuda cara se iluminaba cada vez que ganaba un duelo.

—U... u... na a ce...cero —les gritaba eufórico con su crónico tartamudeo y, sonando su pito, se retiraba triunfante. En el fondo él sabía que solo lo perseguirían unos cuantos metros, nunca más allá.

Igualmente, la mujer (o la callejera), amanecida y desorientada, buscaba un sitio donde dormir. Los hoteluchos de mala muerte de la zona no le daban hospedaje a mujeres como ella a menos que se presentaran con clientes. Entonces, caminaba y caminaba. Ya no soportaba el dolor de sus sucios y cansados pies. La resaca y el trasnocho, consecuencias de quién sabía cuántos «brindis» precedentes a sus repugnantes ayuntamientos carnales, no le permitían ver el esplendoroso cielo azul que le regalaba la vida. Pero... ¿cuál vida...? ¿Acaso existía otra vida?, se preguntaba.

Ella solo conocía las sombras. Había aprendido que en la oscuridad todos los gatos eran pardos y que los malvados hombres eran sus enemigos nocturnos. Ella, a base de intensas peleas y años perdidos, se había librado de los despiadados proxenetas que explotaron su juventud.

La luz del día la encandilaba. Sus ojos, alguna vez bellos y vivaces, no soportaban tanto brillo y resplandor y automáticamente se cerraban, derramando lágrimas de rechazo (o de hiel...).

De pronto, tras el tempranero y rutinario caminar sin rumbo, la mujer divisó lo que parecía un oasis entre tanto infortunio. No podía creer lo que sus llorosos ojos dificultosamente veían.

¿Sería un espejismo?, se preguntó. Pero no, era cierto. Allí estaba. Un puente que atravesaba el sucio río que recorría la ciudad de punta a punta, transportando los despojos impuros de una sociedad hipócrita y cómplice de tanta inmundicia.

Contenta notó que en su parte interior no había nadie y que se encontraba libre y vacío de seres miserables como ella. Nadie pululaba bajo su espaciosa frondosidad.

La mujer apuró el paso. Al fin allí podría descansar.

A medida que descendía por el angosto caminito, que cual alfombra arcillosa se extendía en clara señal de bienvenida ante sus adoloridos pies, podía sentir la rara frescura maloliente que en aquel lugar se respiraba. A pesar de todo, la sombra que proyectaba ese maravilloso puente sobre la tierra desnuda era inmensa.

Ya abajo, observó algo extraño y una duda cruzó por sus nublados pensamientos. Parecía que alguien dormía allí. Un viejo y sucio colchón hablaba por sí solo. Aun así y a pesar de estar consciente de que invadía los dominios de alguien, la mujer se dejó caer en la mugrienta y esponjosa colchoneta. Plácidamente acostada, sacó animosamente de su cursi cartera negra de patente el espejito encantado –donde se veía inmaculada, como una reina, como una «miss»– y entregó así su extenuado cuerpo a quien no lo poseería por unas cuantas monedas: el sueño.

El hombre (o el recogelatas) seguía librando batallas. Cual quijote citadino enfrentaba a diario y con gallardía, en diferentes torneos, a los feroces y despiadados molinos de viento.

Con el poco dinero producto de las «perolitas» de aluminio, que celosamente llevaba en un saco para su venta, extenuado y victorioso, cabalgaba de regreso, otra vez sobre el inmenso y negro lomo de la autopista hacia su aposento, antes de que la tarde se tiñera del oscuro peligro de la noche. Pronto las ratas abandonarían sus escondrijos. Por eso temía y odiaba las noches. Siempre eran largas y frías. Llenas de historias tristes y escalofriantes.

Cada noche, mientras descendía hacia su morada por el angosto y arcilloso caminito, rápidamente hacía un reconocimiento por los alrededores de su puente. Debía asegurarse de que estaba libre de intrusos y forasteros.

Tenía apilonados al borde de una de las grandes columnas que sostenían el puente pedazos de madera y palos podridos. Con cierta facilidad, encendió una fogata y toda el área se iluminó de manera tenue. Nerviosamente miraba de un lado al otro. Por instinto olfateaba el peligro y sabía que tenía que estar alerta. Aunque todo parecía estar tranquilo, algo le olía mal. Lentamente, caminó hacia el fondo del lúgubre recinto mientras el singular vaivén de las llamas ondulaba el reflejo de su sombra en un muro lateral de contención. Rascándose la cabeza observó que alguien ocupaba su vieja colchoneta. Con extrema cautela fue acercándose hacia el invasor preguntándose quién había osado irrumpir en su refugio. Armándose de valor se colocó en guardia y avanzó hacia el bulto que plácidamente dormía encorvado sobre sí mismo. Al son del repique de tambores y trompetas que resonaba en su cabeza, se encimó hacia el desprevenido adversario. Al tiempo, tomó una gran bocanada de aire y comenzó a descargar uno tras otro agudos y sonoros pitazos al oído de aquel insolente. ¡Piiiiiii... piiiiiii... piiiiiii... piiiiiii...!

De inmediato, el vibrante y aterrador alarido de la mujer que allí dormía no se hizo esperar. El hombre asustado intentó tapar con su mano la enorme boca abierta de aquel monstruoso ser, de donde salía tan escalofriante chillido, y recibió una feroz mordida que lo obligó a sacudir el brazo y desprenderse de semejante bestia salvaje. Herido, retrocedió y, rápidamente, tomó el palo de escoba con que espantaba a los perros y gatos que de noche invadían su espacio y, en pose amenazante, preguntó jadeante:

—¿Qqque ha... haces aqqqquí en mi pu... pu... ente?

—¡No es tu problema, desgraciado...! ¡Qué susto! Y, que yo sepa, los puentes no tienen dueños! ¿Okey? —respondió jactanciosa la mujer, empuñando con sus libidinosas manos el mágico espejito roto –donde se veía inmaculada, como una reina, como una «miss»– a modo de arma blanca.

El hombre, armado con su palo de escoba y su viejo pito, caminó dos pasos hacia adelante y en tono retador le dijo:

—Oooo ttte vas ahora mi... mi... mismo po... po... por las bu... bu... buenas ooo...

—¿O qué...? —respondió desafiante la mujer.

—Este eees mi mi mi pue... pue... puente, ca... ca... carajo, y no no no lo com... com... comparttto con na... na... die y me... me... nos co... co... con una pu... pu... puta co... co... como tttú.

—¿Puta como yo? —gritó la mujer, mientras se paraba de la asquerosa colchoneta—. ¿Quién te crees, renacuajo asqueroso? ¿Acaso no son tipos como tú los que buscan a tipas como yo, tartamudo desgraciado? ¡No existirían putas si no hubieran cabrones, tartamudo infeliz... miserable de mierda! Sé lo que quieres, pero yo no me acuesto con pordioseros... ¡Así que arranca de aquí antes de que te corte la otra mano! —vociferó indignada.

El hombre, herido en la mano y en su amor propio, dejó caer el palo de escoba y cabizbajo caminó hacia la fogata que se apagaba poco a poco para colocarle más leña.

De pronto, un silencio sepulcral invadió el lugar. Ella, la mujer (o la callejera), se sentía herida en lo más profundo de su ser y él, el hombre (o el recogelatas), se sentía culpable de no sabía qué cosa.

«¿Cómo un repulsivo indigente viene a decirme puta?». Ella se buscaba la vida, como él. ¿O es que acaso él no era un buscón también? «¿Cuál es la diferencia?», pensaba la mujer entre sollozos.

Por un instante, la sombría oscuridad del puente y el ruido de carros y camiones le recordaron los burdeles de carretera donde vivió por mucho tiempo. Las promesas de amor susurradas al oído, envueltas en bruscos y repugnantes jadeos etílicos, martillaban cruelmente su mente. «¿Por qué tuvo que ser así?», se recriminaba. Todos, absolutamente todos, siempre decían lo mismo. Mentían con la mezquina excusa de vaciar sus miserias en ella, para luego despedirse con un cigarro a medio fumar y con la ofensiva y cobarde frase de siempre: «Chao, puta».

—¡PUTA TU MADRE, IMBÉCIL...! —gritó la mujer envilecida al silente y turbado recogelatas.

En la relativa tranquilidad de la noche, solo se escuchaba el latido del roñoso río y el deslumbrante ruido de los fogonazos y destellos que causaban el cruce de miradas entre el hombre y la mujer.

«Quizás es cierto», pensaba el recogelatas mientras se sobaba la mano mordida. Tal vez él era un estúpido indigente, pero ese era su puente. Él había llegado primero y hacía tiempo, además; no tenía por qué compartirlo con nadie. «Menos con una loca pintarrajeada que apareció de la nada», se decía a sí mismo. «¿Qué puedo hacer? ¿Cómo la echo de aquí? ¿Dónde voy a dormir?», cavilaba aturdido, al tiempo que no dejaba de preguntarse por qué sus pensamientos no tartamudeaban.

Entre cantos de rana y coros de grillos transcurría la dramática escena debajo de un puente cualquiera de cualquier ciudad, cuando repentinamente se escucharon ruidos.

Alguien descendía por el angosto camino arcilloso en veloz carrera. Un niño (o el huelepega) entró abruptamente a lo que parecía un lugar seguro. Fugitivo y hostigado, había logrado despistar a los policías que afanosamente lo perseguían, para repentinamente encontrarse frente a frente con su inevitable destino. Una mujer desgreñada y un andrajoso indigente. Allí estaban los tres residuos de una sociedad indiferente e insensible, cara a cara, en una misma cueva.

Exhausto y alterado, el niño levantó su arma y, nerviosamente, apuntó a uno y a otra. Allí estaban los tres, observándose mutuamente. Juntos en una misma tragedia, los sin historias, los no ciudadanos, los sin nombre, las piltrafas, las escorias…. Las taras de una ciudad indolente, disfrazada de modernidad y progreso, prestas a devorarse a sí mismas.

—¡PÉGUENSE PA'LLÁ...! —exclamó el niño con sobreactuada voz ronca—. ¡NO CREO EN NADA NI EN NADIE...! —gritó observando con extrañeza al larguirucho barbudo y a la desencajada mujer.

Bajando el tono, el niño preguntó:

—¿Quiénes son ustedes y qué hacen aquí?

—¡Un mo... mo... mento...! ¡E... e... e... este e... e... es mi pu... pu... puente y las ppre... preguntas las ha... ha... ce... ce... mos no... no... sotros...! —exclamó exaltado el recogelatas.

—¿Cómo que nosotros? —cuestionó en voz alta rápidamente la mujer—. Tú y yo tenemos un cable pelao... Así que cállate la boca, idiota... ¿No ves que este infeliz muchacho está herido?

—¿Infeliz? ¿Qué te pasa, payasita? ¿Y tú qué me ves, mamarracho? —los increpó el niño con evidente actitud agresiva, sin dejar de apuntarlos con la pistola y con la mano izquierda apretada contra la herida que tenía en el abdomen, que sangraba efusivamente—. ¡O SE CALLAN O DISPARO! Yo no sé qué está pasando en esta mierda ni a que están jugando ustedes... Estoy herido y de aquí no me saca nadie y al que se coma la luz ¡LO DETONO AHORITA MISMO! —amenazó categóricamente el huelepega.

Las cartas estaban echadas. El frescor de la noche se transformó de pronto en un sofocante calor que presagiaba malos augurios. La mujer (o la callejera) y el hombre (o el recogelatas) sabían que el niño (o el huelepega) hablaba en serio.

Mientras el muchacho gravemente herido se recostaba contra una columna, la mujer recordó cómo los malvados hombres, en muchas oportunidades, la habían apuntado con sus pistolas y, aunque nunca se atrevieron a disparar –los muy cobardes–, jamás vio en los ojos de aquellos pusilánimes el resentimiento y el odio que destellaban en los de este muchacho.

En el otro lado del puente, el recogelatas no sabía qué hacer. Sus manos le temblaban. Presentía que ese arrogante y prepotente mocoso sería capaz de cualquier locura. Además, era de noche y él sabía muy bien que las noches estaban llenas de historias tristes y escalofriantes. Lamentaba que ese chamo no fuera un lunchero para batirse contra él en buena lid. A ellos nunca les tuvo miedo. Si hubieran invadido su puente cientos de ellos, uno a uno los hubiera derrotado, uno a uno habrían mordido el polvo, pensaba.

En un descuido del debilitado niño, el hombre, frenético, en un arrebato de confusión, intentó hacer algo en defensa de su feudo amenazado por un chiquillo altivo y soez y una loca arrogante y altanera. Era él o eran ellos. Envalentonado y con los ojos desorbitados, se llevó su carcomido pito a la boca. Fuera de sí, endemoniado y con inusual dificultad, buscó aspirar una poderosa bocanada de aire que, extrañamente, sus marchitados pulmones no lograban proveerle. El soplido no salía (o el miedo no lo dejaba salir) y el pito no sonaba. Cada inhalación era una búsqueda desesperada del aire que le era esquivo. Mientras más intentaba soplar, más se ahogaba en su agonía. Su esquelético cuerpo comenzó a encorvarse al ritmo de cada resoplido y sus rígidas manos apretaron fuertemente el insonoro silbato, hasta caer de rodillas, asfixiado, ante el espanto del niño y la mirada atónita de la mujer, que intentó inútilmente evitar su inminente caída. El hombre (o el recogelatas) se había quedado dormido para siempre y se había librado así, por fin, de sus temores.

El chico, que sudaba gotas de fiebre, comenzó a delirar. La mujer, desesperada y llorosa, lo ayudó a recostarse en la inmunda colchoneta que hasta hacía unas pocas horas le había servido de reparador descanso.

Allí estaba ella, sola, circundada por un herido grave que, pistola en mano, intentaba apuntarle y el cadáver inerte de un hidalgo quijote con su malogrado espadón (o su pito) desenfundado.

Las lágrimas embadurnaron más aún de colorete su atribulada cara y acentuaron las ojeras de su desgracia. Lentamente, se volteó para acercarse al muchacho e intentar hacer algo que pudiera calmar su dolor, pero este la rechazó amenazándola con disparar. Aunque no tenía fuerzas para levantar el arma, mantenía presionado el dedo en el gatillo que ya no intimidaba. Astutamente, la mujer colocó una mano en la pistola y con la otra quitó suavemente la gorra que ocultaba el color castaño del lacio y sucio cabello del infortunado niño que comenzaba a agonizar.

Recostada junto a él, acarició con las yemas de sus dedos la flácida cabeza que se negaba a permanecer erguida. Pensó, por un momento, en preguntarle su nombre, por qué estaba en las calles, quién lo había abandonado y, tristemente, recordó –con una macabra mueca de dolor– que esas eran, precisamente, las cínicas preguntas que sus clientes le hacían antes de vaciar dentro de ella su repugnante y pecaminoso semen. «¡Qué ironía!», pensó.

Ese abatido niño que pronto dejaría de existir bien podría haber sido el hijo que nunca tuvo o el que tantas veces mató antes de nacer.

La sangre del niño llegó al río. Su respiración era lenta y profunda. Se sentía bien por estar arropado en los brazos de alguien. Nunca nadie hizo eso por él.

Todo se estaba nublando. Tenía mucho frío. Pensaba que esa mujer podría haber sido la madre que nunca tuvo, la que nunca conoció, la que siempre extrañó, y que el cadáver que reposaba unos metros más allá podría ser el de su padre, al que siempre odió, al que nunca quiso conocer, al que nunca añoró. Estaba contento. «Podría estar muriendo en familia», pensó mientras que con un largo y vibrante suspiro, al fin, se libraba de sus inquietudes…

La mujer, desesperada, de reojo se miró en el espejito. Extrañamente, no se vio reflejada en él como una reina, como una «miss». La verdadera imagen de su malograda vida apareció crudamente ante sus ojos. Mórbidos pensamientos revolotearon por su mente. Sentía un dolor muy agudo en su pecho. La vida había sido muy dura y sabía que personas como ella nunca tendrían una segunda oportunidad. Entonces, abstraída y sumida en su desgracia, decidida y afligida, tomó la pistola que estaba fuertemente asida por la mano del niño y se disparó en la sien. Dramáticamente, allí terminó todo.

Horas después, al amanecer, junto al incesante ruido de pesados camiones, carros y motos y de una sirena que no paraba de sonar, policías, reporteros, fotógrafos y forenses alimentaban las crónicas amarillas de la ciudad con el anuncio del hallazgo de tres cadáveres de antisociales desparramados en una «madriguera de delincuentes», en un claro y resuelto homicidio triple.

—Ajuste de cuentas entre un recogelatas, una prostituta y un huelepega… ¡Nada más…! —balbuceaba un policía mientras recogía como evidencia un espejito roto, un pito corroído y una vieja pistola calibre 22.

FIN

Hado fatal

Quejumbrosa y angustiada, Jenifer, una adolescente de 13 años, caminaba dificultosamente por los pasillos del hospital, abarrotados de gente confundida y enfermos desatendidos. Inclinada hacia adelante y con los brazos apretados sobre su abdomen, padecía de fuertes dolores de parto.

Se anotó, como era la costumbre en los desasistidos hospitales públicos, en una improvisada lista para ser atendida por número y tenía por delante siete mujeres jóvenes que se encontraban en condiciones similares a la de ella.

Con un solo pabellón en uso, de cinco que contaba el hospital, tendría que esperar al menos ocho horas para parir o aguardar a que la criatura estuviera casi afuera de su vientre para lograr así entrar por emergencia.

Acostada en un viejo banco, esperaba con estoica ansiedad su turno, mientras recordaba la abominable sentencia que el padre del niño por nacer lanzó fatídicamente al viento el día que la abandonó: «Ese muchacho de mierda no es mío».

Esas palabras retumbaban en su mente como un eco mientras ella, aturdida, solo cerraba sus ojos y exclamaba con desesperación:

—¡Ayúdame, diosito, dame fuerzas, por favor!

De pronto y de la nada, una desagradable voz chillona de una enfermera que tomaba notas la sobresaltó de su angustioso desconsuelo al vociferar:

—Mmmmm... Niñas que están pariendo niños... ¡Qué esperanza la de este país!

Mientras ella aterrorizada gritaba que sentía mucho dolor, un médico de guardia, visiblemente cansado y atareado, se acercó al escuchar sus gritos. Ordenó pasarla a una sala dividida en cubículos por parabanes destartalados y comenzó a auscultarla de inmediato.

Al hacerle el tacto de rigor notó que algo no andaba bien y conminó a las enfermeras a que la trasladaran con urgencia al pabellón.

—¡Esta paciente está a punto de parir! —exclamó el médico alterado, dirigiendo su mirada hacia las enfermeras, que cuchicheaban entre ellas.

Jenifer se ahogaba entre los incesantes alaridos y jadeos. Sus gritos eran ensordecedores y desgarradores. Entre agobiantes quejidos, ella pujaba fuertemente, tratando de expulsar de su púbero vientre el pedacito de vida que por alguna razón se resistía a nacer.

—¡MIERRRDAAA...! —exclamó apesadumbrado el sudoroso doctor. Esa palabra retumbó por toda la sala como presagio del hado fatal que perseguiría al niño toda su vida. El bebé traía el cordón umbilical fuertemente enredado en su cuello.

De inmediato, el galeno tomó dos pinzas y apretó el cordón, pues el niño se estaba amoratando, y, cortándolo con suma dificultad, extrajo con pericia al muchachito para darle luego las nalgadas de rigor. El niño se retorcía cual pececito que imploraba ser devuelto al mar, mientras abría una y otra vez la boca buscando inútilmente el aire de la salvación. Como no reaccionaba, el médico con firmeza le propinó nuevamente otro par de nalgadas, momento en el cual el niño respiró y se entregó a la vida con un fuerte y sonoro llanto.

Por un momento, en la sala de partos no se sabía qué era más conmovedor, si el niño que acababa de nacer o la niña que acababa de parir.

Al rato, le fue presentado el niño a su madre. Una enfermera se le acercó para preguntarle con sumo aburrimiento y desinterés el nombre del niño, pero Jenifer no tenía preparado ninguno y a duras penas pronunció:

—Yeison… Sí, Yeison Gómez —dijo titubeante e insegura.

—¿Y cómo se escribe eso, mijita…? —preguntó con extrañeza la desconsiderada enfermera.

—¿Cómo va a ser? Así mismo, como suena… —replicó la jovencita queriendo decir que era evidente.

—Ok… Voy a tramitar tu salida —dijo la enfermera mientras pensaba de dónde sacarían esos nombres de hoy en día. Tenía en sus papeles anotados Jackson, Britney, Kevin, Estefany, Harrison y solo dos «normales»: Jesús y Cristina.

La joven y su bebé fueron dados de alta al día siguiente.

Ella vivía en un rancho miserable en lo más alto de un cerro de una de las zonas más pobres y populosas de la ciudad. No tenía dinero para llegar a su casa y un viejo taxista en un destartalado carro se apiadó de ella al verla tan joven, indefensa y con un niño en sus brazos, y la llevó hasta el barrio donde vivía.

Sin más pertenencias que una mustia cobijita que le habían regalado en el hospital y con su pequeño en brazos, comenzó a subir el cerro, tan empinado y cuesta arriba como el futuro de ella y su hijo.

Con suma dificultad, emprendió el camino por una escalinata de cemento que serpenteaba entre tubos plásticos que goteaban aguas negras, esquivando a varios perros hambrientos y andrajosos, que se mimetizaban con el miserable entorno que la rodeaba. Cansada, Jenifer detuvo el paso y, mirando tristemente a su bebe, murmuró:

—Hijo… ¡no sé si algún día lograremos salir de esta mierda!

Viviendo en la más extrema pobreza y trabajando de sirvienta en casas de familias pudientes, Jenifer fue criando y levantando a su hijo poco a poco y sin recursos. El hambre y la miseria dolían demasiado y no fueron pocos los días que se acostaron sin comer.

Ella hacía todo lo que una adolescente sola y sin recursos podía, pero la pobreza extrema a la que se enfrentaba a diario era aterradora.

Yeison era un niño sano, vivaz y muy inteligente; lástima que estaba marcado por una fatalidad irrevocable que lo determinaría para siempre: ¡su vida era una mierda!

Desde muy pequeño empezó a meterse en problemas. Era más astuto y despierto que otros niños de su edad. Era malicioso y calculador. Irrespetuoso y resentido.

Las quejas de los vecinos eran constantes y seguidas.

—¡Jenifer, ven a buscá a tu muchacho de mierda! —gritaba una vecina, cansada por los constantes robos de su hijo.

—¡Mija, ese hijo tuyo no sirve pa'medio e mierda! —murmuraba otra a su paso.

—¡Deberías ponerle "preparo" a la mierda esa, carajita, o su destino final será una cárcel o el cementerio! —le comentaba el presidente de la junta de vecinos del barrio cuando se cruzaban por las escaleras.

Jenifer, desesperada, no encontró otra solución más que mandar a Yeison al interior, a casa de un tío suyo por parte de padre, que tenía cierto conocimiento de la situación y que se había ofrecido a encargarse de él y ponerlo a estudiar, mientras ella conseguía un trabajo fijo.

Y así fue. Yeison se fue con su tío y Jenifer se marchó del barrio sin dejar rastro.

Con el pasar del tiempo, el tío Régulo trató de comunicarse inútilmente con Jenifer para notificarle que tenía serios problemas con Yeison. Quería decirle que no asistía al colegio y que no lo ayudaba con las labores de la bodega –que era su único sustento– ni en la casa. Que la situación era incontrolable y que estaba en juego la estabilidad de su hogar, pero a Jenifer parecía habérsela tragado la tierra.

El joven andaba en malas compañías y con malos hábitos. Ya el tío Régulo tenía problemas con su mujer por culpa de Yeison.

—Desde que trajiste a esta casa a ese muchacho de mierda, todo se vino abajo… —le reclamaba constantemente a Régulo su esposa—. ¡Un día de estos me voy a cansar y me largaré de aquí! ¡Ya verás! —repetía una y otra vez.

La cosa iba de mal en peor y Yeison no quería volver con su madre y tampoco le importaba. No quería verla ni saber nada de ella. Él decía que su madre lo había abandonado a su destino de mierda.

Con el paso del tiempo, la mujer de Régulo se fue de la casa llevándose con ella a sus hijos. La bodega se fue a pique y arrastró con ello a Régulo, que para entonces se había convertido en un alcohólico, y a Yeison, quien ya era jefe de una bandita de delincuentes y drogadictos.

La casa poco a poco se había convertido en una cueva de bandidos y no pasó mucho tiempo para que la comunidad, con el apoyo de las autoridades, los desalojaran del sector, por antisociales y malvivientes, y lanzaron a Régulo y a Yeison a las calles. Uno, a la indigencia y el otro, al bajo mundo del hampa.

Con el correr de los años, Yeison, desde una cárcel de la que poco tiempo después logró escaparse, supo que su tío Régulo se había suicidado en un asilo de alcohólicos y drogadictos.

El halo nauseabundo del muchacho iba infectando todo a su paso y la predestinación fatal se iba cumpliendo al pie de la letra.

Los años fueron pasando y Yeison ya era un delincuente consumado y experimentado, que se fugaba de cuanta cárcel era recluido. Su fama de tipo duro era legendaria y su alias de «El caca» hacía honor a su carácter. En sus delirantes noches de drogas, llenas de desenfrenos y libertinaje, se jactaba de volver mierda todo a su paso. Realmente, ¡era una mierda!

Lejos, en la distancia, una delgada dama elegantemente vestida de negro, que llevaba una cartera al hombro y portaba un teléfono celular en sus blancas y huesudas manos de uñas cuidadosamente cortadas y pintadas, irrumpió repentinamente en una lujosa oficina y dejó caer bruscamente sobre un lujoso escritorio de roble lo que parecía ser un expediente prontuario, al tiempo que con clara y firme voz decía:

—¡Encuéntralo! —Señaló con el pulgar hacia arriba al usurpador que ocupaba su silla—. Sabes que no me gusta que te sientes en mi escritorio, ¡te lo he dicho mil veces! —dijo la mujer con evidente enojo.

—Lo sé... es que estaba revisando unos papeles... — Replicó nervioso un obeso sujeto de baja estatura, expolicía, expresidiario, conocedor de los bajos fondos, con buenos contactos en el bajo mundo y que hacía trabajos de investigación para la firma de abogados de la misteriosa dama.

—Deja todo lo que estés haciendo y encuéntralo. Es mi hijo. Sé prudente. Es una orden.

El asistente tomó el expediente entre sus manos y de reojo pudo leer el nombre que, etiquetado en la portada, decía: «Yeisón Gómez, "El caca"». Sin decir palabra alguna y con un torpe gesto de referencia hacia «la jefa», como solía decirle, salió de la oficina a cumplir de inmediato la orden impuesta, no sin antes preguntarse a qué clase de delincuente de mierda se enfrentaría esa vez, aunque fuera el hijo perdido de «la jefa».

La dama se sirvió un café, se quitó los tacones que torturaban sus comprimidos dedos contra el lujoso cuero y, sentándose en su escritorio, firmó unos papeles mientras sostenía su celular entre el hombro y su oreja.

—Listo... Ya lo mandé a buscar —dijo con firmeza a su interlocutor antes de trancar la llamada y acomodarse en su cómodo sillón, al tiempo que se quedaba rendida hasta el día siguiente.

El caca seguía haciendo de las suyas. Entre asaltos y atracos transcurría su vida de delincuente profesional. Su prontuario policial crecía al mismo ritmo que su fama de malandro de mierda. Vivía al filo de la muerte y sabía que más temprano que tarde se toparía frente a frente con ella.

A su guarida, que estaba bien custodiada por sus secuaces, llegó la noticia de que un expolicía, un tipo rechoncho y mal encarado, estaba preguntando por él. Aunque no le causó mayor inquietud, ordenó a sus compinches estar alertas. Yeison era escurridizo y no sería fácil capturarlo. Luego de cada fechoría, engreído y jactancioso, fanfarroneaba ante sus amigotes:

—Soy Yeison El caca... ¿Han visto alguna mierda más grande que yo?

Mientras, la elegante dama sabía que pronto su asistente contactaría a Yeison, aquel niño que, por necesidad, abandonó a temprana edad y al que deseaba con toda su alma volver a ver. Ella albergaba la esperanza de reconciliarse con él y explicarle el motivo de su renuncia. Creía que él podría entender su alejamiento y arrancar de raíz y para siempre el odio que suponía, y con razón, que estaba enquistado en su corazón. Solo la perseverancia y el amor incondicional de una madre podrían realizar ese milagro.

El eficiente sabueso, haciendo alarde de sus grandes dotes de detective, pudo contactar a la banda de El caca y, tras la entrega de una fuerte suma de dinero, logró un acuerdo para que dos de sus más allegados aceptaran llevar a Yeison bajo engaño a un encuentro con Jenifer. Ellos le dirían a Yeison que habría un intercambio de armas por drogas y pusieron como única condición que fuera en un sitio abierto. De todos modos, no garantizaban cuál sería la reacción de él ante su madre. Conocían el resentimiento y el odio que le profesaba.

El asistente le comunicó a su jefa, Jenifer, los detalles de cómo contactó a El caca y la forma en que se realizaría el encuentro. Le manifestó que no debía preocuparse, ya que él personalmente se encargaría de los pormenores, y que ya tenía todo acordado para hacerlo en un par de días.

Mientras el rechoncho asistente se encargaba de finiquitar los detalles del encuentro, Jenifer no dejaba de pensar en cuál sería la reacción de su hijo. En todos esos años no dejó ni un solo día de pensar en él. Ella se marchó al exterior, junto a una familia pudiente, trabajando como niñera. Qué ironía, pensaba a menudo… no pudo criar a su pequeño y cambió pañales a hijos ajenos. Simultáneamente a eso, la familia pagó todos sus estudios y se convirtió en una prestigiosa abogado penalista con el único objetivo de regresar al país y recuperar a su hijo perdido.

Se resistía a creer que Yeison fuera la mierda que todos decían.

Pronto se haría realidad el sueño de su vida: reencontrarse con su pequeño, como le decía.

Al fin, y tras dos noches de desvelo, llegó el tan esperado día. Jennifer salió de su casa aferrada a la mustia cobijita con la que arropó a su bebé al salir del hospital hacía veinte años y que había conservado hasta ese día tan especial. Se montó en la parte de atrás del carro que conducía su fiel investigador y partieron hacia el sitio del encuentro. Tal y como lo había acordado con la peligrosa banda, el hábil expolicía se estacionó en el hombrillo de una amplia y concurrida autopista. Tenía las luces de emergencia activadas y encendió dos veces los faros delanteros del vehículo. Al otro lado de la autopista observaron, a la hora exacta del acuerdo, a un carro viejo y estropeado detenerse y encender dos veces sus faros delanteros. No había más de treinta metros entre lado y lado de la autopista.

Jenifer sentía que el corazón se le salía por la boca. Sus huesudas y frías manos, con la uñas impecablemente pintadas, no paraban de temblar. Al cabo de algunos minutos, Jenifer observó cómo descendía del viejo automóvil un joven buen mozo, alto, flaco y un tanto desaliñado. A pesar de la distancia, ella supo que ese era su hijo.

—¡Acabemos con esta mierda! —dijo Yeison volteándose hacia los ocupantes del carro. Llevaba puesta una gorra azul que no ocultaba su frondoso y despeinado cabello negro, que se parecía al de ella, unos jeans deshilachados a la altura del muslo y una holgada franela blanca, en la cual resaltaban sus musculosos brazos. Desconfiado, miró hacia ambos lados de la autopista para cerciorarse de que nadie lo seguía y procedió a cruzarla con elegante trote. Al tiempo, Jenifer no pudo contener su angustia y, con inusual imprudencia, rompió el protocolo y descendió rápidamente de su auto. El asistente no pudo hacer nada para detenerla mientras ella, eufórica, agitaba los brazos gritando con estruendosa voz:

—¡¡¡YEEIIIISOOOOOOOONNN...!!!

Este, girando su cuerpo al escuchar tan atormentado y familiar alarido, no advirtió la cercanía de una inmensa gandola de veinticuatro ruedas que se estrelló brutalmente contra su débil e indefensa humanidad.

Jenifer, aterrada y paralizada y con la mirada pérdida en el inerte cuerpo de su hijo, no podía creer lo que sus llorosos y desorbitados ojos observaban. Torpemente, elevó sus brazos al cielo mientras que sus gélidas y rígidas manos parecían dos garras de águila disecadas, que inútilmente trataban de asirse a la nada. Solo alcanzó a escuchar lo que algunos choferes, impresionados, comentaban de tan atroz accidente:

—¡Pobre tipo... quedó vuelto mierda!

FIN

Obsesión 999 *SEND*

Sentado en el confortable sillón de cuero de su lujosa oficina, impecablemente decorada con colores pasteles, Aurelio firmaba, con prestancia de empresario exitoso, numerosos cheques de pagos y gastos de fin de mes, que su eficiente secretaria había ordenado y minuciosamente colocado en una carpeta sobre el regio escritorio de caoba.

«¡El tiempo se termina!».

Con cierto aire de preocupación, miró el resplandeciente reloj de oro, que se perdía entre la exuberante frondosidad de su velluda muñeca. Cinco de la tarde. Sabía que pronto comenzaría la junta de accionistas que él, como presidente, había convocado con carácter de urgencia para las seis de la tarde.

Aún le quedaba una hora antes de enfrentar a las arpías, como solía llamarlos. Hombres hambrientos de poder, que serían capaces de hacer cualquier cosa con tal de agregar un dólar más a sus jugosas cuentas bancarias.

Apretando el botón del intercomunicador, llamó a su secretaria para que retirara la carpeta de cheques y le preparara el cafecito negro, corto, bien fuerte, que bebía religiosa y ritualmente al caer la tarde.

—¿Sucede algo, señor Aurelio? —preguntó con extrañeza la secretaria, acercándole con pericia la bandeja con la hirviente taza de café—. Lo noto algo nervioso...

—No, Raquel, no pasa nada, gracias... Avíseme cuando hayan llegado todos y no me pase ninguna llamada, por favor —respondió Aurelio, simulando la ecuanimidad que generalmente lo caracterizaba.

Al tiempo estiró la mano y, abriendo una gaveta del escritorio, sacó una hermosa caja brillante de caoba donde guardaba lo que consideraba un tesoro. Un viejo teléfono celular Bellsouth, artífice de su esplendorosa vida, motor de su exitoso derrotero y motivo de burlas y chistes por parte de amigos y empleados, pero del que misteriosamente nunca se separaba.

Ya no funcionaba. No hacía llamadas y tampoco las recibía. Era una especie de amuleto de la buena suerte al que, en definitiva, le debía todo lo que poseía.

Con cierta nostalgia, sacó del bolsillo trasero del pantalón de fina gabardina un reluciente y bien doblado pañuelo blanco, que despedía un agradable aroma de exquisito perfume francés, con el que comenzó a limpiarlo y a pulirlo. Era parte del ritual del café y lo hacía donde y con quien estuviese. Sacarle brillo, aun en sus partes más desgastadas por el uso, calmaba su ansiedad.

Mientras esperaba la hora de la convocatoria, recordaba cómo ese arcaico y anticuado aparato telefónico le había cambiado radicalmente la vida. Hacía veinte años que tenía entre sus manos lo que cualquier ser humano en el mundo hubiese querido para sí. Una especie de varita mágica protectora que, cubierta por una burda y simplona caja plástica llena de estúpidos botones alfanuméricos, había dado un giro de ciento ochenta grados a su insignificante existencia.

«¿Por qué he sido yo el poseedor de este maravilloso e increíble teléfono celular? ¿Será el mismo Dios quien se me había manifestado de esta manera? Pero… ¿por qué a mí?», se preguntaba girando sobre su silla mientras observaba de este a oeste la ciudad y sin dejar de pensar en lo afortunado que había sido por poseerlo.

Todavía faltaban cincuenta minutos para la reunión cuando Aurelio, perdido en la languidez de sus pensamientos, comenzó a recordar aquel increíble encuentro con la fortuna que lo convirtió en dependiente del ordinario pero extraordinario aparatico.

Absorto en sus cavilaciones, recordó aquellos años cuando era un humilde empleado en una pequeña compañía de seguros y pasaba por las tiendas de electrodomésticos observando con melancolía las nuevas tecnologías de teléfonos móviles celulares que allí se vendían y que eran inalcanzables para él.

Se veían hermosos y, además, la línea estaba incluida en el precio. Quizás algún día pudiera comprarse uno, se repetía a sí mismo una y otra vez.

Nunca olvidaría aquella mañana cuando, al llegar a su trabajo, notó que el ambiente estaba enrarecido. Sus compañeros de oficina, nerviosos, iban y venían por los pasillos y le daban palmadas en los hombros. Querían decirle algo, pero no se atrevían. De pronto, lo llamaron al Departamento de Personal para darle la infausta noticia de que había sido despedido por reducción de personal. Así, sin más ni más.

Aurelio no entendía qué pasaba. Él era un buen trabajador, nunca faltaba, no había tenido problemas con nadie y, repentinamente, se vio en la calle, sin trabajo y sin dinero. Solo contaba con la presencia y el apoyo de su madre, quien siempre estaba a su lado y que, con verdadero amor y dedicación, lo había tratado desde su nacimiento cuando sufría «unos ataques raros, como de epilepsia» que frecuentemente le daban.

Económicamente, solo contaba con el pago de su liquidación por prestaciones sociales. Dinero que cobró y con el que, olvidándose de la estrechez económica que estaba viviendo, decidió darse el gusto de su vida comprándose el, hasta ese momento, inaccesible teléfono celular.

Era casi una obsesión poseerlo.

—¡Qué hermoso! —decía en voz alta mientras lo observaba con fervor.

Cada vez que llegaba a su casa, cansado de caminar buscando trabajo, corría hasta su cuarto y sacaba de la mesa de noche la caja con el celular y lo colocaba en su cama solo para admirarlo, porque no comprendía cómo funcionaba.

Era un joven inocente y retraído; no tenía novia, ni amigos, ni conocidos a quienes llamar. Ni nadie lo llamaba.

Aurelio seguía desde su oficina recordando aquellos duros momentos cuando inútilmente salía día a día, bien temprano, en busca de empleo sin conseguir nada. Época de gran preocupación, ya que se había gastado todo el dinero de sus prestaciones en ese costoso teléfono celular.

Extasiado en sus recuerdos, mientras aguardaba que comenzara la importante reunión, Aurelio evocó con especial atención la noche cuando tomó el celular con ambas manos y comenzó a manipularlo con mucho cuidado, como nunca lo había hecho, y se dedicó a leer cuidadosamente las instrucciones. Con sumo interés comprobó todas las funciones que el extraordinario aparato le ofrecía. Interesado en probar su teléfono de una vez por todas y sin tener a nadie a quien llamar, se le ocurrió pulsar al número de emergencias policiales. Una vez marcado el número y al oír la voz que contestaba, trancó inmediatamente la llamada y sonrió complacido al verificar que su hermoso aparato sí funcionaba.

De pronto, se le ocurrió marcar un número al azar. Pensó en el 999 y, siguiendo las indicaciones del fabricante, marcó 999 *SEND*. Asombrado, escuchó una agradable voz femenina que le dijo:

—*Hola, estoy aquí para servirte. ¿Qué deseas saber?*

Aurelio se quedó callado, no supo qué decir, pero entonces nuevamente la voz le repitió:

—*Hola, estoy aquí para servirte. ¿Qué deseas saber?*

Tímidamente, Aurelio, encogiéndose de hombros y esbozando una nerviosa sonrisa de asombro, no encontró otra cosa que preguntar:

—¿Voy a conseguir trabajo?

—*Sí* —contesto la amable y susurrante voz—. *Eres joven, afortunado, inteligente y aún tienes mucho tiempo de vida.*

Aurelio trancó inmediatamente la llamada y apagó el celular, desconcertado por lo que acababa de escuchar. No entendía qué había pasado. ¿Qué tenía que ver conseguir un trabajo con tener «aún mucho tiempo de vida»?

Pensó que era una broma. Trató nuevamente de marcar el misterioso número, pero desistió de esa estúpida idea. Sonriente, lo guardó en su caja y, tras colocarlo en su mesa de noche, se quedó profundamente dormido.

Al día siguiente, Laura, su madre, cafecito en mano lo despertó y, preocupada por la situación económica en la que se encontraban, le dijo:

—Levántate, Aurelio, es tarde y tienes que ir a buscar trabajo. Acuérdate que gastaste todo el dinero que te dieron en comprar ese bendito teléfono y ya nos queda poco que comer.

Aurelio se levantó, desayunó e inmediatamente vino a su cabeza la llamada misteriosa de la noche anterior. Corrió a su habitación y tomó el teléfono celular. Dubitativo, marcó el 999 *SEND* y nuevamente escuchó la amable y misteriosa voz que decía:

—*Hola, estoy aquí para servirte. ¿Qué deseas saber?*

Aurelio asombrado preguntó:

—Pero ¿quién es usted?

—*Soy tu tranquilidad, Aurelio, soy tu guía, soy tu fortuna...* —respondió la cortés y complaciente voz, y repitió su pregunta inicial.

—¿Cómo sabe mi nombre? ¿No entiendo? ¿Voy a conseguir trabajo? —preguntó Aurelio con verdadero asombro.

—*Yo lo sé todo y vas a conseguir trabajo. Vete a Seguros Ultranza y pregunta por el señor Lunar. Lleva todos tus papeles, es todo.*

Cuando, boquiabierto y desconcertado, iba a preguntarle la dirección de esa compañía, la llamada se cortó. Aurelio salió de su cuarto corriendo. Con un beso apresurado se despidió de su madre y se fue a la calle. Ella le gritó desde la puerta que se cuidara y que no olvidara comprar la pastillita para los ataques.

Aurelio consiguió la dirección de Seguros Ultranza en el directorio telefónico de la farmacia de la esquina, donde compró sus pastillas, y se dirigió rápidamente hacia allá.

Todo sucedió con extrema facilidad y rapidez. Se presentó ante el señor Lunar, como le dijo la maravillosa voz del teléfono, y enseguida fue contratado. Así de simple. Debía presentarse a trabajar al día siguiente.

Presuroso y agradecido, salió de la oficina del señor Lunar para ir a contarle a su madre que había conseguido trabajo.

Iba a tomar el ascensor cuando recordó que había dejado su celular, su fabuloso celular, en el escritorio del señor Lunar. Corriendo se devolvió, tropezó con una secretaria y una señora que limpiaba los pasillos. Los empleados se preguntaban quién era ese loco y de dónde había salido…

No imaginaban que ese loco pronto sería el dueño y señor de esa empresa.

Aurelio, jadeando, tocó la puerta de la oficina y, pidiendo disculpas, entró. Tomó su extraordinario celular, lo levantó con las dos manos cual trofeo, le dio un beso y se despidió sonriendo del extrañado señor Lunar.

Fue así como todo comenzó, pensó Aurelio, complacido de su increíble y secreta historia, mientras aflojaba un poco la corbata y se quitaba los zapatos acomodándose en su sillón. Ya faltaba poco para su reunión.

Aurelio, con un talento innato para los negocios y con la ayuda del mágico celular, fue ganando posiciones dentro de esa compañía hasta llegar a ser su principal accionista y presidente.

Era un hombre poderoso. No había decisión importante que tomar que Aurelio no consultara con su «guía y orientadora», como se autodefinía la misteriosa voz.

Siempre después de un «Hola, estoy para servirte…», venían las preguntas:

—¿Debo despedir a tal empleado o liquidar tal sociedad?

—¿Qué debo hacer en tal o cual situación?

—¿Debo invertir en tal o cual negocio?

Y luego, las sabias respuestas del espectacular teléfono.

Fue así como Aurelio amasó su gran fortuna. Gracias al celular, a esa lámpara de Aladino que, en definitiva, era su garantía de triunfo. Por años mantuvo ese secreto que no compartía con nadie. Esa fue la llave que le abrió las puertas del éxito. ¿Qué más podría pedir un ser humano?, se preguntaba frecuentemente Aurelio.

Sentía que era el hombre más afortunado del mundo, pero el teléfono, el maravilloso celular, estaba presentando problemas.

Desgastado por el tiempo y por el plazo de vida útil, estaba fallándole más de lo normal. Eso no le preocupaba tanto como lo que había pasado en su oficina esa mañana.

Sin saber por qué, recordó la primera pregunta que hacía años le había hecho inocentemente al teléfono. Sobre todo, la parte en que ella le dijo que aún le quedaba «mucho tiempo de vida».

Quería despejar esa duda y marcó varias veces el 999 *SEND*, apretando con firmeza las teclas del aparato que no funcionaban bien. Al rato, con dificultad pudo escuchar lejanamente la familiar voz femenina:

—*Hola, estoy aquí para servirte. ¿Qué deseas saber?*

—¿Qué te sucede? —preguntó alterado Aurelio—. Noto que cada vez está más descompuesto este aparato. ¿Será que todo terminó?

Cuando, de pronto, la amable voz lo interrumpió.

—No, Aurelio, a quien se le terminó todo es a ti —contestó y paralizó por unos segundos a Aurelio, que no podía creer lo que estaba escuchando.

No solo estaba fallando el aparato, sino que la voz estaba desvariando. No era posible, tenía que haber algún error. Aunque él sabía que esa voz nunca se equivocaba.

—Pero… ¿cuándo? —replicó desconcertado.

—Hoy mismo, minutos antes tendrás un aviso… Adiós —dijo la voz, sin ni siquiera cambiar el tono afable con el que le había dado tantas buenas noticias durante tantos años.

Repentinamente, la llamada se cortó y el celular quedó muerto. Aurelio, sudoroso y desesperado, marcó el número de nuevo, pero fue inútil. El teléfono estaba inservible, todo había terminado y lo peor era que no había nada que se pudiera hacer.

La voz nunca se había despedido de él, nunca había pronunciado la palabra «adiós». Aurelio solo tenía en sus manos un inmenso, viejo y desgastado caparazón. El pesado cascarón de su buena suerte, el simple y antiestético cadáver de su buena fortuna.

«¿Qué hago ahora? ¡Voy a morir! No entiendo nada... ¿Por qué tan pronto? ¿Será una equivocación de la voz? No puede ser un error, pues esa voz era infalible... ¿Qué hago, Dios mío? Me dijo que minutos antes tendré un aviso...».

—¡Estoy sentenciado!—gritó Aurelio mirando por la ventana hacia la inmensidad del cielo.

Aurelio no tenía tiempo de nada. No tenía tiempo de prepararse para recibir a la muerte.

«¡Qué tontería!», pensó. ¿Acaso alguien tiene tiempo y voluntad como para recibirla con los brazos abiertos?

Luego de unos minutos de confusión, decidido y resignado, Aurelio tomó el teléfono de su oficina. Eran las ocho y treinta de la mañana. Llamó a su vicepresidente, su mano derecha, su único amigo, la única persona en quien había confiado todos esos años, el señor Lunar, y exaltado por contar con tan poco tiempo, lo citó urgentemente para las nueve, en su oficina.

—Es urgente y es una orden, carajo... —le dijo Aurelio algo molesto a su amigo, que lo increpaba, extrañado por la premura del caso.

Aurelio entendió que tenía por delante una carrera contra el tiempo. El reloj, en cuenta regresiva, conspiraba contra sus planes y lo acechaba inexorablemente. Un tic tac implacable retumbaba en su cabeza y solo esperaba escuchar las campanadas que anunciarían el final.

Sabía que debía apurar su agenda...

Logró reunirse con el señor Lunar, quien, aparte de ser vicepresidente de las empresas y casi como un padre, había sido su administrador, su abogado y su consejero, y buena parte de sus negocios habían sido concebidos por él.

En la junta directiva, Lunar nunca había sido visto con buenos ojos, primero por la amistad fraternal que Aurelio sentía por él y segundo porque lo consideraban un viejo ambicioso y mediocre, que no merecía el alto cargo de vicepresidente.

Nunca consiguieron su destitución, pero sí lograron que, aunque tuviera voz en la junta directiva, no tuviera voto. Aurelio sabía que eran unos envidiosos y que la verdadera razón de ese resentimiento hacia Lunar era que, al igual que él, nunca iba a estar de acuerdo con los sucios negocios que, paralelamente a las empresas, tenían muchos de ellos.

Solo les faltaba inyectarle más capital para aprovecharse de la fama y renombre de las empresas de Aurelio y así apoderarse de los mercados ilegales donde esas sanguijuelas se movían.

Calmado y aferrado a un vaso de escocés en las rocas, Aurelio comenzó a contarle a Lunar todo desde el principio. Por primera vez en veinte años, Aurelio le contaba a alguien su gran secreto. Lunar, atónito, no podía creer lo que estaba escuchando y Aurelio sentía que, aunque le quedaba poco tiempo de vida, se estaba quitando un enorme peso de encima. Un peso que había cargado sobre sus hombros durante todos estos años y que hacía ver que lo que había logrado en la vida no era más que una fantasía sin esfuerzo alguno.

—No hay nada que pese más que un secreto. Además, tienes mucho mérito, Aurelio. Supiste utilizar el poder que te brindó el aparatico para bien —dijo Lunar a Aurelio con voz entrecortada y con un gran apretón de manos.

Tramaron las estrategias para la reunión de esa tarde, en la cual Aurelio le pidió a su amigo que no estuviese presente.

Con un fuerte abrazo y con lágrimas en los ojos, se despidieron en la puerta de la lujosa oficina, no sin antes desearse mutuamente la mejor de las suertes y encomendarle el cuidado de su madre, que era la única familia que tenía y que dejaba.

De pronto, el timbre del intercomunicador sobresaltó al pensativo Aurelio. Era su secretaria, que le avisaba que todos los miembros de la junta directiva estaban en el salón de conferencia esperándolo.

Tranquilamente, quizás demasiado para un hombre que estaba sentenciado a muerte, Aurelio se levantó de su sillón y fue durante unos segundos a la sala de baño para arreglarse. Al salir se colocó debajo del brazo una carpeta donde había documentos importantes y tomó el celular, el símbolo de su poder. Ya no le servía para nada, pero el solo tocarlo y tenerlo asido fuertemente en su mano le daba la seguridad que requería para enfrentarse a sus socios y notificarles las últimas noticias acerca del futuro de las empresas.

Impecablemente vestido y peinado, perfumado y bien afeitado, entró Aurelio al imponente salón de conferencias. Inteligentemente, ocultó su angustia y nerviosismo, pero adrede no ocultó su adefesio, su ordinario y ridículo teléfono celular que tantos cuchicheos originaba.

Todos se levantaron de sus asientos con un gesto de hipocresía disfrazado de respeto hacia el joven Midas que convertía en oro todo lo que tocaba.

—Buenas tardes, queridos socios, pónganse cómodos —dijo Aurelio con solemne voz.

Colocando el viejo celular en la enorme mesa de conferencias, Aurelio comenzó su corto pero conciso discurso con un resumen de lo que habían logrado todos esos años de duro trabajo. En cada frase en la que se refería precisamente al trabajo, Aurelio, intencionalmente hacía una breve pausa y recorría con la mirada las insulsas e hipócritas caras de sus socios y estos, a su vez, se miraban unos a otros con ese gesto de complicidad encubierta que no podían evitar.

Aurelio les mostró los balances de las empresas, los estados de cuentas y todos los documentos donde constaba que los negocios iban viento en popa. Las cuentas estaban claras y, si existía cualquier vestigio de duda, era fácilmente verificable.

Repentinamente, Aurelio lanzó una propuesta a consideración de la junta. Les hizo saber que, dado que las empresas se encontraban en su mejor momento, estaría razonablemente interesado en invertir, conjuntamente con ellos, en los «negocios paralelos» que tantas veces le habían propuesto, ya que había comprendido que existían en el mundo vientos de cambio y que tenían que adaptarse a las nuevas «formas y estrategias» de hacer negocios para no quedar rezagados en el mercado.

—Nuestras empresas —dijo— no estarán nunca en la retaguardia. Siempre hemos sido vanguardistas y arriesgados al negociar. Ahora es el momento de rectificar y hacerlo a tiempo es de sabios. Por eso, amigos, démosle la bienvenida a nuevos y fructíferos negocios.

El silencio reinante en el salón, mientras hablaba el prudente y moderado jefe, se rompió momentáneamente. Los avarientos y vidriosos ojos de la totalidad de los miembros de la junta destellaron rayos de ambición y codicia. El salón se llenó de murmuraciones cargadas de extrañeza, que poco a poco fueron asomándose como posibilidades ciertas, de un verdadero golpe de timón por parte del capitán del barco.

Uno de los miembros de la junta, Laureano Brizuela, levantó la mano para hablar y tratar de calmar a sus compañeros, que no cesaban de murmurar unos con otros. Aurelio, con una tranquilidad pasmosa, le cedió la palabra a Brizuela. Este, por ser uno de los miembros más antiguos de la directiva, habló en nombre de todos sus compañeros exponiéndole a «don Aurelio», encarecida y cortésmente, la necesidad de discutir ese planteamiento tan provechoso para todos los presentes a solas, sin su presencia.

Aurelio, serenamente, les concedió treinta minutos con la condición de obtener una respuesta positiva o negativa al término del inusual tiempo otorgado. Levantándose de su silla y con un cordial «¡Hasta luego!», cerró las puertas del salón y se dirigió a su oficina.

Se sentía complacido. Todo había salido a pedir de boca. Tomó el teléfono y llamó a Lunar.

—Mordieron el anzuelo, amigo, los tenemos. Nuevamente, deséame suerte; te llamo luego.

Con una leve sonrisa llamó a su secretaria y le pidió un escocés doble con hielo y encendió un inmenso puro tipo Churchill.

—Permiso, señor, aquí está lo que me pidió —dijo la secretaria.

Aurelio le agradeció efusivamente su comprensión, mística y amabilidad durante todos esos años y, extendiendo su mano hacia la de ella, le entregó un cheque con una cifra considerable rogándole que lo aceptara por su lealtad incondicional.

Extrañada y con lágrimas en los ojos, se despidió del señor Aurelio presintiendo que era la última vez que lo vería.

Sentado en su sillón, pensaba que la jugada que acababa de hacer era, quizás, la decisión más importante de su vida y se dio cuenta de que la había tomado sin consultar al viejo y sabio celular, a quien observaba con nostalgia y agradecimiento.

Ya habían pasado los treinta minutos concedidos para que la junta tomara una determinación. Aurelio entró con porte triunfante al nido de víboras que lo esperaba pacientemente.

Una vez reiniciada la asamblea, el señor Laureano Brizuela, asumiendo su papel de vocero del grupo de accionistas, tomó la palabra para dirigirse a «don Aurelio» y, con exagerada grandilocuencia, agradeció sobremanera su gesto de rectificación con un «ya era hora de actualizarnos y de abrirnos al mundo, que pacientemente nos espera». Habló acerca de «los largos y provechosos años de trabajo», recorriendo los históricos momentos de expansión de las empresas, para finalmente leer la breve conclusión de lo que habían acordado:

—En nombre de la honorable junta directiva, hemos tomado la palabra de nuestro ilustrísimo presidente y, por lo tanto, en plena mayoría estamos de acuerdo con iniciar, con la mayor brevedad posible, las acciones pertinentes para hacer efectiva la fabulosa y beneficiosa inversión en negocios paralelos, un tanto tardía, pero siempre bienvenida en el tiempo. Es todo por ahora, gracias.

Los aplausos no se hicieron esperar y Aurelio, esbozando una sonrisa de satisfacción, tomó la palabra:

—Muy bien, solo pongo una pequeña condición para que entremos de lleno en el negocio paralelo. Les pido a ustedes, distinguidos señores, que aprueben por mayoría absoluta, en la junta directiva, el derecho a voto del señor Lunar.

Nuevamente, el alboroto se apoderó de la asamblea. Aunque hipócritamente respetaban a Lunar, desconfiaban de él. No pertenecía a su bando y conocían muy bien su inquebrantable personalidad.

Pero lo que realmente no sabían ni conocían era que el calculador señor Laureano Brizuela ya los había traicionado. Había vendido su alma al diablo por unos cuantos míseros dólares. Lunar y Aurelio se habían comunicado con Brizuela en la mañana y habían comprado su traición.

Brizuela, según lo acordado en dicha reunión, calmó a sus compañeros, tomó la palabra y dejó ver que no existía motivo alguno para negar la petición del presidente. Ya don Aurelio estaba decidido a ingresar en el negocio y, después de todo, Lunar cuidaría muy bien los intereses de todos en las empresas, mientras ellos se dedicaban de lleno al negocio paralelo que por tantos años habían añorado.

—Ahora, queridos socios, lo más importante es nombrar una comisión para que se encargue de finiquitar los detalles de nuestra nueva sociedad. —Y dirigiéndose al secretario, ordenó que dejara inmediatamente constancia en el acta de la decisión unánimemente tomada.

Brizuela era la persona más influyente dentro de la junta directiva y logró convencer a sus asociados. Inmediatamente, se firmó lo convenido respecto a la inclusión del vicepresidente Lunar como miembro de la junta con voz y voto.

Todo había salido a pedir de boca.

El único impedimento que había era la invalidez del voto de Lunar en la junta directiva, que le impedía presidir las empresas en caso de muerte del presidente, como rezaba en el acta constitutiva, pero ya estaba subsanado, gracias al traidor de Brizuela. De esa manera, las empresas podría seguir operando normalmente, dirigidas por su gran y único amigo, quien se opondría rotundamente a esa nefasta y fatal inversión en los llamados negocios paralelos, acogiéndose a los estatutos donde rezaba que ese tipo de decisión debería tomarse con la anuencia del presidente.

Una vez firmado el nuevo documento, Brizuela propuso un brindis a sus asociados. Levantó la copa y brindó por los negocios viejos y por los que habían de venir.

En ese preciso instante se escuchó un timbre de celular extraño y muy ruidoso, que sonaba una y otra vez sin parar. Todos miraban hacia todos lados, sin saber de dónde provenía semejante ruido, hasta que notaron que el vetusto mamotreto del señor Aurelio, posado en la mesa de conferencias, se iluminaba con cada estruendoso repique. Cuando Aurelio tomó el teléfono para tranquilizar a los asustados accionistas, este dejó de sonar y de iluminarse. Entonces, Aurelio se dirigió hacia ellos y les dijo:

—Tranquilos, les prometo que este maravilloso teléfono nunca volverá a sonar.

Con extrema solemnidad, levantó su copa, brindó por el acuerdo logrado y cayó al piso fulminado por un infarto.

De pronto, Aurelio fue levantado por los hombros por dos fornidos enfermeros.

Había tenido otro ataque de esos que le daban, «como de epilepsia», en el albergue psiquiátrico en el que se encontraba recluido desde que lo botaron del trabajo. Balbuceaba frases incomprensibles sobre un número, 999 *SEND* o algo así y deliraba sobre una importante reunión de negocios.

—¡Pobre loco! Y tan joven...—decían los enfermeros cada vez que Aurelio entraba en crisis.

Su atribulada madre, la señora Laura, cuenta que, desde que está internado en el albergue, no suelta para nada el bendito aparatico...

FIN